PARIS NOUVEAU

PAR

EMMANUEL DES ESSARTS

———◆———

CE POÈME A OBTENU L'ACCESSIT UNIQUE
AU CONCOURS DE LA SOCIÉTÉ DES GENS DE LETTRES

———◆———

PARIS

DE SOYE ET BOUCHET, IMPRIMEURS
2, PLACE DU PANTHÉON

1857

PARIS NOUVEAU

PARIS NOUVEAU

PAR

EMMANUEL DES ESSARTS

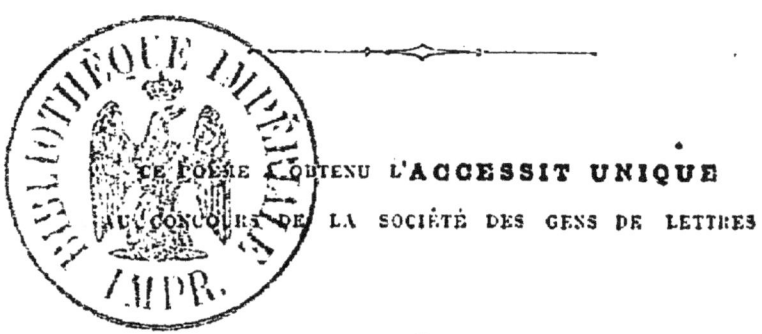

CE POÈME A OBTENU L'ACCESSIT UNIQUE
AU CONCOURS DE LA SOCIÉTÉ DES GENS DE LETTRES

PARIS

DE SOYE ET BOUCHET, IMPRIMEURS,
2, PLACE DU PANTHÉON
—
1857

Paris voit tous les jours de ces métamorphoses.

P. CORNEILLE.

I

Le soleil expirant posait une couronne

Sur cet Arc triomphal où la gloire fleuronne,

Et semblait réunir, dans un suprême adieu,

Le poëme de l'homme au poëme de Dieu.

Un vieillard, franchissant la porte militaire,

S'arrêta : sa figure était sereine, austère ;

Étranger, il portait l'habit oriental.

Étranger ! l'était-il ? — Dans le pays natal

Comme un banni qui rentre après la longue absence,

Il fit entendre un cri plein de reconnaissance

Et d'amour... Mais soudain, demeurant ébloui,

Tel que le vieil Hébreu sur le mont Sinaï,

En voyant devant lui la ville étincelante,

Il soupira, puis il reprit sa marche lente,

Écoutant, embrassant d'un regard curieux

Le magique tableau déroulé sous ses yeux :

Tout un panorama dans les Champs-Élysées ;

Les jets d'eau l'enivrant de leurs fraîches rosées ;

Les arbres où chantaient les brises de l'été ;

Les hôtels qu'embellit le caprice sculpté ;

Ce palais qu'a rempli de merveilleux trophées

L'Industrie, aujourd'hui la dernière des fées,

Que les Arts constellaient de chefs-d'œuvre éclatants,

Où la pensée humaine étalait son printemps,

Et qui réalisait, dans sa grande harmonie,

Le caravansérail rêvé par le génie;

L'obélisque géant, témoin égyptien,

Qui songe que ce monde est meilleur que le sien

Et parut s'agiter, pyramide animée,

Pour saluer vos fronts, ô vainqueurs de Crimée!

Le vieillard regardait... Des rayons amoindris

Tombaient du ciel obscur et triste; — mais Paris

Resplendissait, montrant, à l'horizon plus sombre,

Un océan de feux et quelques îles d'ombre,

Le jour sans le soleil... — Et le vieillard marchait.

Comme un violoniste essayant son archet

Afin de réveiller une note endormie,

Il sentait du passé vibrer la voix amie

Dans son cœur, et frémir ses souvenirs confus

Comme la feuille sèche au fond des bois touffus.

Puis il te consultait, miroir de.la pensée,

Mais ne trouvait partout qu'une image faussée;

Sinistre, impatient, comme s'il eût cherché

Dans la Rome française un mystère caché;

N'admirant rien, semblable à ces oiseaux funèbres

Qui détestant le jour invoquent les ténèbres,

Et dans les bruits vivants d'un peuple dispersé

Guettant avidement des bruits morts, l'insensé!

C'est ainsi qu'il suivit d'un pas rêveur la rue

Par un travail féerique incessamment accrue,

Et que, dans son linceul de gloire enseveli,

Masséna baptisa du nom de Rivoli.

O prodige réel ! une rue est semée

De jeunes monuments nombreux comme une armée,

Beaux comme l'avenir, et qu'une chaîne unit

En rapprochant entre eux ses anneaux de granit !

Avance encor, vieillard, et que ton œil découvre

— Merveille du Paris régénéré — le Louvre :

Le dix-neuvième siècle égalant ses rivaux ;

Près des maîtres anciens les grands maîtres nouveaux

Arrachant au cercueil la morte architecture

Et d'un souffle de vie animant la sculpture.

Jean Goujon, Michel-Ange, ô vous, penseurs altiers,

Titans de l'Art, soyez fiers de vos héritiers ;

Et de l'étoile où luit votre magnificence,

Créateurs, bénissez cette autre Renaissance !

Si le talent suspend les groupes aux frontons,

Si le mur dentelé se découpe en festons,

Si l'acanthe verdit, si la cariatide

Soutient l'entablement avec les bras d'Alcide,

Si tels que des serpents s'enroulent les rinceaux,

Si la voûte sévère est digne des pinceaux,

C'est que vos fils, suivant vos préceptes austères,

Se sont initiés dans l'ombre à vos mystères,

Que le charbon divin sacra leur lèvre en feu

Et que, soldats de l'Art, ils sont élus de Dieu ;

C'est qu'avant de tenter bas-reliefs et pilastres,

Dans le ciel du génie ils ont cherché vos astres!

Le vieillard admirait ; mais toujours morne, hélas!

Il errait au hasard jusqu'à ce qu'enfin las,

Pliant sous un secret qu'il ne pouvait plus taire,

Il éleva vers Dieu sa plainte solitaire.

« Rendez-moi cet exil où j'étais destiné,

Rendez l'isolement au vieillard incliné

    Qui fuit une ville flétrie.

Orient, reprends-moi ! Paris m'est odieux,

Et je te reverrai, Gange mélodieux,

    Sans avoir trouvé ma patrie.

« O fleuve, j'aime mieux tes rivages sacrés

Où le santal répand ses parfums azurés,

Où la vie à longs flots ruisselle,

Où dans le bleu lotus, amour du Bendémir,

Et dans les bananiers épais semble frémir,

    Frémir une âme universelle ;

« Que ces chemins poudreux, que ces bruyants trottoirs

Où, comme des troupeaux poussés aux abattoirs,

    Court la foule avec frénésie ;

Où ce pâle flambeau, ce frère du sommeil,

Qu'ils appellent le gaz remplace le soleil ;

    Où la nuit est ans poésie.

« Pourtant je préférais Paris, le mien, — non pas

Cette ville de boue où j'ai traîné mes pas,

    Courbé sous la tristesse et l'âge,

Mais le Paris où j'ai souffert, où j'ai vaincu,

Où maintenant encor mon nom a survécu,

Mais le Paris du Moyen-Age !

« C'est là que je fus jeune et que j'ai travaillé

Au grand œuvre d'Hermès, c'est là que j'ai veillé

Dans un obscur laboratoire ;

Qu'au milieu de creusets, d'alambics, de fourneaux,

J'ai fait, comme le feu qui sort des fauconneaux,

Luire un éclair dans la nuit noire,

« Colomb de la science et Faust religieux,

C'est ici que j'ai vu flamboyer sous mes yeux

Cette pierre philosophale

Qui vous éblouirait de ses vives clartés,

O savants, sur la mer du doute ballottés

Comme un oiseau dans la rafale !

« C'est que je n'avais pas de coupables desseins;

Ma ferveur se plaisait aux légendes des Saints,

    Mon âme brûlait comme un cierge;

Moi, Nicolas Flamel, plus que vous triomphant,

Homme j'avais gardé la candeur de l'enfant

    Pour prier Madame la Vierge.

« Mais vous à qui je jette un douloureux adieu,

Êtes-vous demeurés les fils aînés de Dieu,

    Les croisés à l'âme soumise?

Ce qu'on croyait jadis, le croira-t-on demain?

Où donc est votre foi? — J'ai fait bien du chemin

    Sans trouver une seule église.

« Oh! que ne puis-je entendre, ainsi qu'au temps passé,

L'angélus du matin dans le ciel cadencé,

.Au chant des prêtres voix unie;

Et tous ces carillons, tous ces fervents concerts

Qui faisaient onduler, dans l'océan des airs,

Tout un océan d'harmonie!

« As-tu donc disparu, montagne de granit,

Notre-Dame, où l'oiseau chanteur posait son nid

Au bord des gouttières fantasques;

Église dont l'aspect imprimait la terreur,

Et qui faisais en nous sourdre une sainte horreur

Par tes guivres et tes tarasques?

« Le temps a-t-il fané les roses du vitrail?

Les martyrs rayonnants gardent-ils ton portail,

Évangéliques sentinelles?

As-tu ton saint Christophe ec tes chevaliers,

2.

Tes rosaces en fleurs, tes faisceaux de piliers,

    Chênes aux cimes éternelles ?

« Mais si tu subsistais, relique des vieux jours,

Je ne pourrais plus voir, du sommet de tes tours,

    Le vertige dans la paupière,

Les clochers de tes sœurs déchirant le ciel bleu,

Les toits noirs estompant des nuages de feu,

    Tout un Romancero de pierre.

« Mon Dieu ! verrais-je encore, au sein de la Cité,

La Chapelle où jadis un roi s'est arrêté,

    Saint Louis qui pleurait dans l'ombre ;

Mon Saint-Jacques, dressant la plus haute des tours ;

L'hôtel de Nesle, ainsi qu'un vol d'âpres vautours,

    Élevant son triangle sombre ?

« Les vieux ne vous avaient légué que des beautés

Et vous avez, enfants ingrats et révoltés,

Renversé les palais splendides,

Les stations du Christ où vos pères priaient,

Où les blancs séraphins parfois s'agenouillaient...

Vous êtes tous des parricides !

« N'avez-vous pas, avec vos pics et vos marteaux,

Sapé les prieurés, balafré les châteaux,

Découronné la France entière ;

Et du Paris guerrier, moine, poëte, duc,

Où tout était antique, où rien n'était caduc,

Fait un immense cimetière ?..

« Rendez-moi cet exil où j'étais destiné,

Rendez l'isolement au vieillard incliné

Qui fuit une ville flétrie.

Orient, reprends-moi ! Paris m'est odieux ;

Et je te reverrai, Gange mélodieux,

Sans avoir trouvé ma patrie ! »

III

Cette Ombre que j'évoque est l'Ombre du Passé,
Fiction à la fois étrange et véritable,
L'homme qui par amour pour un spectre glacé,
Contre un progrès naissant pousse un cri lamentable,
Au milieu des vivants pèlerin trépassé.

IV

Vieillard ressuscité pour voir la nouvelle ère
Que le souffle d'en haut sur le sol fait germer,
Tu n'as pas su comprendre, aveugle volontaire,
Que loin de dépérir tout va se ranimer.

Car le bruit que faisait dans le fond de ton âme
Comme l'eau sur les rocs, le lointain souvenir,
T'empêchait d'écouter cette voix qui proclame
La gloire du présent, l'espoir de l'avenir.

La voix d'un peuple entier, divine et prophétique,

Qui, du *Paris nouveau* saluant la splendeur,

Est fier en même temps de son Paris antique

Et qui te parlera de sa double grandeur.

Ah ! par un doigt fatal ta paupière fermée,

Par mille enchantements ton œil morne ébloui,

N'ont pas su contempler la foule accoutumée

Des monuments d'hier, renaissant aujourd'hui.

Contre un siècle innocent en vain tu t'exaspères :

Le sépulcre a repris les noirs démolisseurs,

Et les fils ont absous les fautes de leurs pères :

Car ils ont relevé Notre-Dame et ses sœurs.

Et s'ils ont dégagé plus d'un dédale sombre

Où le pauvre ignorait le soleil et l'été,

Ils n'ont point confondu la lumière avec l'ombre,

La vieillesse sacrée avec la vétusté.

Car ils ont le respect du passé ; leur courage

Comme Lazare a fait sortir de son cercueil

Et tiré de sa nuit un autre Moyen-Age,

Et les palais n'ont plus leur ceinture de deuil.

Vieillard, comprends la loi qui veut que tout renaisse.

Un air purifié t'inonde de ses flots :

Ce n'est plus l'air malsain qu'aspira ta jeunesse

Et qui portait la peste au milieu des sanglots.

Non, c'est qu'on s'est lassé de tes vielles ruelles

Que nos marteaux ont pu renverser sans remord;

Et grâce à vos efforts, ô vaillantes truelles,

La vie est revenue où dominait la mort,

Paris, c'était jadis une ville de boue :

Paris, c'est aujourd'hui la ville des rayons,

Qui veut vivre, et d'un bras jeune et hardi secoue

Son linceul de laideur, séculaires haillons.

Suis-moi, Flamel. — Vois-tu ces pieuses reliques :

Le Palais de Justice et le grave Cluny,

Et la Sainte-Chapelle, aux vitraux symboliques,

Dont la flèche s'élance et perce l'infini?

Le temps et l'homme avaient dégradé Notre-Dame

L'homme est venu refaire où le temps moissonna;

Et, sous la gloire d'or du matin qui s'enflamme,

Notre-Dame au Seigneur chante son Hosanna,

Entends-tu le réveil de la cloche fidèle?

L'orgue tonne, l'encens fume dans le saint lieu;

Et la prière vole, ainsi qu'une hirondelle,

De la Cité du monde à la Cité de Dieu.

Regarde cette tour, ces animaux mystiques...

Ton Saint-Jacques, vieillard!... témoin de tes combats.

L'extase habite encor sous ses voûtes gothiques;

L'apôtre prie en haut et Pascal rêve en bas!

Répète avec nous tous : « Salut, Hôtel-de-Ville,

Monument aux contours puissants, aux murs épais,

Qui, fermant ton enceinte à la guerre civile,

T'ouvres pour recevoir la Victoire et la Paix ! »

Tu ne trouveras plus, ruines écroulées,

Ni les deux Châtelets ni ton hôtel Saint-Pol ;

Mais vois cette avenue — immenses Propylées —

« Qui te crie : Inkermann ! Alma ! Sébastopol ! »

Puis ce palais gardé par nos gloires aimées,

Ces marbres immortels, ces hommes demi-dieux,

Ces piédestaux sacrés des hautes renommées,

Ce Panthéon chrétien du Louvre radieux.

Des belles actions la foule y lit l'exemple.

A la sainte équité son esprit est soumis

Quand elle trouve unis et dans le même temple

Tous ceux qui furent grands dans les camps ennemis.

Le Louvre impartial, c'est l'Histoire sublime

Qui mettra l'aigle auprès des lis et du cimier,

Les deux Napoléon sur une même cime

Près de Louis-Quatorze et de François-Premier

De ce palais béni s'épanche la lumière

Que Paris triomphant verse à l'humanité;

Et tous nos monuments sont les strophes de pierre

D'un poëme d'amour et de fraternité.

Car il est un Paris à tout œil invisible

Et que l'œil de l'esprit pourrait seul entrevoir ;

Passant par le progrès comme à travers un crible,

C'est le Paris moral, où règne le devoir,

Avec les monuments s'élèvent les idées ;

Le beau conduit au bien, le bien ramène au beau ;

Et vers le droit sentier les masses sont guidées

Quand pour les éclairer luit partout un flambeau.

Divin flambeau de l'Art, dont l'éclat pacifique

Illumine les cœurs sans les brûler jamais

Et semble nous montrer l'échelle séraphique

Qui nous fait monter tous vers les plus hauts sommets.

C'est ce Paris moral qui, parmi ses merveilles,

Offre au monde surpris, sous son aile abrité,

Ses chercheurs, découvrant l'Idéal dans leurs veilles

Ses soldats grands et doux, ses Sœurs de Charité.

Oui, c'est le rendez-vous des races voyageuses;

Halte des nations qui, bien loin de rester

Sousleursfraisorangers, dans leurs plaines neigeuses,

Y viennent tour à tour s'instruire et méditer;

Et pour continuer le saint pèlerinage

Dont Paris transformé leur donna le signal,

Et pour voir l'avenir au delà de notre âge

Contemplent cette ville où brille leur fanal.

Ainsi que l'hippogriffe entrevu par le rêve,

La Vapeur fend l'espace et dévore le temps,

Et jette comme un flot envahissant la grève

Notre pensée immense aux peuples palpitants !

Comme vers le soleil l'ardent héliotrope,

Tous les yeux sont tournés en adoration

Vers le Paris nouveau qui te soumet l'Europe,

Fille du Dieu vivant, Civilisation !

O progrès, que serait ta lumière féconde

Sans ce foyer puissant, ce Thabor, ce Carmel;

Sans le Paris nouveau qui la renvoie au monde,

Pierre philosophale inconnue à Flamel !

www.ingramcontent.com/pod-product-compliance
Lightning Source LLC
Chambersburg PA
CBHW060910180626
46818CB00004B/1903